DANS LE COURANT COMMUN / IN THE COMMON STREAM

Pierre Faure

Sans titre n° 5. 1995.

Sans titre n° 11. 1996.

Rues, esplanades, non-lieux, zones périurbaines, chantiers, parkings, halls, sont les environnements que Pierre Faure investit par la photographie.
Zones de transitions, d'attentes, de flux, l'espace public peut sembler exempt de relations sociales, ou du moins, il apparaît de plus en plus comme une zone d'anonymat peu propice à la mise en valeur de l'individu. Or, c'est précisément dans ce contexte que Pierre Faure fait surgir et révèle des situations, qui ne sont pas visibles dans le temps de l'expérience car elles sont naturellement fondues voire perdues dans l'espace urbain. La représentation fait précisément basculer la banalité d'un geste, d'une attitude ou d'une action en un événement qui va se confronter et se frotter à son environnement. On pourrait là véritablement parler d'un phénomène d'émergence, d'apparition par l'image.
Pierre Faure cherche à s'immiscer dans les interstices, dans les zones de l'écart pour saisir l'instant du spectacle improbable et imprévisible. Les gestes, les postures, les regards, les actions sont souvent indiscernables ou tellement fugaces qu'il est difficilement possible de les contenir.
Pierre Faure indexe ces moments et repère des situations urbaines qui font de la ville une scène où les individus prennent une identité. Elle perd son caractère strictement fonctionnel et impersonnel pour se transformer en un espace véritablement investi où se jouent des séquences : femme se regardant dans un miroir, conducteurs de taxi jouant aux échecs sur une bouche d'aération, homme en maillot de bain se faisant bronzer juste derrière l'autoroute…
La ville n'est pas un décor, elle insuffle du sens ; l'acte devient signifiant par rapport à son environnement. Chaque image est une mise en situation entre un espace défini et une scène précise, qui devient par la représentation une " hors-réalité " dans la mesure où il s'agit d'une découpe et d'un cadrage choisis qui entraînent un dépassement.
Les images de Faure dessinent la ville comme un lieu où se nouent des contacts humains, des faces à faces, des regards croisés, presque des corps à corps, où s'organisent des activités, des rencontres qui laissent présager d'une histoire, d'un devenir. La proximité des êtres et des situations peut générer une narration qui reste à imaginer. Si la photographie, de fait, cadre un moment et un espace donnés, elle n'exclut pas pour autant le hors-champ. Cet invisible et intangible de l'image participe mentalement à la construction de cette dernière : espace mental qui alimente la spéculation et permet la construction d'une fiction.

Estelle Pagès

Streets, esplanades, non-lieux (non-places), suburban zones, building sites, car parks, halls : these are the environments that Pierre Faure occupies through his photography.
Zones of transition, waiting, flux : public space may seem to be exempt of social relations or, at any rate, to be an increasingly anonymous zone that bodes ill for the individual. It is in this very context that Pierre Faure incites and reveals situations, which are not perceptible in time as we live it because they are naturally dissolved, indeed lost in urban space. It is representation that transforms the banality of a gesture, an attitude or an action into an event that confronts and converges with its environment. One could describe this as a veritable phenomenon of emergence, of apparition through the image.
Pierre Faure seeks to slip into interstices, in order to capture the instant of the unlikely and unexpected sight. Gestures, postures, looks, actions are often indiscernible or so fleeting that it is barely possible to contain them.
Pierre Faure catalogues these moments and identifies urban situations which make the town a scene where people take on an identity. It casts off its strictly functional and impersonal character to be transformed into a truly inhabited space where sequences occur : woman looking in a mirror, taxi drivers playing chess over a ventilation grill, man in bathing trunks tanning himself just behind the motorway…
The town is not a stage set, it is vibrant with meaning; the act becomes significant in relation to its environment. Each image is a set situation resulting from the confrontation of a defined space and a precise scene, which, through representation, becomes " other ", in as much as it consists of a selected horizon and centring which engender a third reality.
Faure's photographs portray the town as a place where human contacts are formed, face to face, eye to eye, almost body to body confrontations, a place where activities are organised, meetings that suggest more to come, a becoming. The proximity of beings and situations can generate a narration which remains to be elaborated. If photography, in effect, captures a given moment and space, it does not exclude what is off camera. This invisible and intangible part of the image participates mentally in its construction : a mind space that nourishes speculation and makes way for the construction of a fiction.

Traduction/Translation : Catherine McMillan

Sans titre n° 20. 1998.

Sans titre n° 27. 1999.

Montreuil, 1er août 2001.
Pierre Faure, Pascal Beausse, Nathalie Giraudeau.

PF : Il n'y a pas longtemps, j'ai trouvé une phrase de Hannah Arendt, qui dit que pour qu'un monde existe, il faut qu'il soit l'objet d'un partage entre plusieurs personnes; que sans ce partage, ne reste que la subjectivité, intimité ou isolement; et que le monde ou l'espace public, *c'est celui qui tout à la fois sépare et relie les êtres, leur permet à la fois de tenir ensemble et de ne pas tomber les uns sur les autres*... C'est notre espace commun, la scène de notre vie commune, tout peut y entrer ou en sortir. L'intimité aussi en fait partie, peut-être encore plus depuis qu'on utilise sans arrêt des téléphones portables. Et la plupart des scènes se jouent à deux, à trois ou quatre, en petits groupes. Mais si je vais de l'individu à l'environnement, ce n'est pas au départ pour des raisons théoriques ou abstraites. Produire une image implique pour moi de sortir, d'aller voir à quoi ressemble le monde, la ville, d'aller dehors... Cela dit, ce n'est pas vraiment le cas pour la vidéo sur laquelle je travaille en ce moment, même si on est toujours dans l'espace public. En même temps cet environnement est le lieu d'une relation, d'une manière de le traverser, de l'occuper ou de l'habiter.

PB : Il y a un déficit de représentation de l'espace public. Tu t'inscris en contradiction avec ça, mais tu n'instrumentalises pas non plus l'espace public comme un lieu de travail ou un réservoir d'images toutes trouvées. Tu l'habites, tu le parcours. Peut-on dire que ton travail part d'une pratique de l'espace?

PF : Oui, tout à fait, et c'est quelque chose d'assez difficilement résumable, parce que cette pratique de l'espace n'est pas programmée au départ ou même limitée à un territoire ou à un environnement particulier. Cela se fait dans le temps, mais c'est aussi un mouvement ou un processus non historique. Il est très difficile, voire impossible, de raconter une journée consacrée à cette pratique de l'espace. Je ne sais plus quel cinéaste disait que l'image était une collision entre le monde et l'énergie qu'il mettait à l'explorer. Je suis allé pas mal de fois du côté de Roissy par exemple. Cela me permet d'avoir une certaine connaissance des lieux, où je reviens, où je tourne aussi... je tourne autour, assez lentement. Il y a des points de vue, des façons de se placer, d'inscrire les choses visuellement, qu'on ne voit pas forcément dès le départ. Il y a aussi les photos que je n'ai pas faites ou que je n'ai pas gardées, parce que je ne pouvais pas me positionner comme j'aurais voulu le faire, soit pour des raisons physiques, soit parce que l'urbanisme est parfois un vrai rêve de technocrate et qu'on se retrouve avec une impossibilité de faire quoi que ce soit en dehors d'un schéma de construction, de déplacement et de circulation complètement programmé, dans la version récente de Noisy-le-Grand par exemple.

PB : Cela m'évoque la fameuse parabole de Jean-Marie Straub, qui voit les producteurs d'images dans la sphère spectaculaire-marchande comme des parachutistes! Cela explique son choix inverse du panoramique comme système de représentation d'un espace dans lequel il va ensuite peut-être installer une narration. A l'inverse du cameraman ou du reporter qui n'a pas le temps de repérer les lieux : il ne sait pas où il est, peu lui importe puisqu'il a déjà l'image en tête, et depuis l'endroit où il a été parachuté, il fait cette image programmée et il repart. Il n'y a pas d'expérience, de connaissance de l'espace. L'image est préformée, il suffit de venir la récupérer. Tu fais exactement l'inverse.

PF : Oui. Il y a une sorte de folie à débarquer comme ça et à filmer ou à photographier le monde où l'on n'est pas. On y arrive parfois... mais à la condition d'une certaine exigence ou d'un certain luxe temporel, ce qui est un peu la même chose. Les photos que j'ai faites ces dernières années ont été prises dans la région parisienne. Il y a une certaine continuité entre le lieu où je vis et les trajets que je peux faire, qui sont ceux de mon travail, qui sont parfois presque aléatoires. Si on devait faire le schéma d'un trajet, ça serait une espèce d'entrelacs sans fin qui partirait un peu dans toutes les directions.

PB : Qu'est-ce que tu vas chercher? Comment l'image se construit dans un lieu?

PF : Par la marche tout d'abord, la déambulation. Je ne pars pas avec l'idée que je connais la ville, mais avec le présupposé d'une ignorance des choses que je vais découvrir, même si je sais un peu ce que je cherche, parce que ce sont des choses très concrètes. Il y a une difficulté liée au fait que j'ai besoin qu'une relation se joue, se noue, avec l'environnement. Celui-ci prend son sens de ce qui s'y passe, de la manière dont il est occupé ou habité par les gens, par les corps. Les maisons, les immeubles me fascinent, certainement parce qu'on ne voit pas ce qui se passe de l'autre côté du mur. Il m'est arrivé d'imaginer des choses assez proches de ce j'ai pu observer par la suite, mais je pourrais difficilement imaginer ce paysage *(Sans titre n° 39)* avec ces pylônes qui amènent l'énergie dans la grande ville, le champ où les événements s'inscrivent, la manière dont un espace se déploie ou se referme, dont ses éléments le font exister. C'est ce que disait Bergson : c'est l'espace qui est extrait des choses qui le constituent, il n'y a pas un espace vide et ensuite des choses dedans. Et c'est bien pour ça qu'il peut être occupé et utilisé par des gens! Je peux voir des endroits qui m'intéressent mais qui suscitent trop peu d'événements. Cela rejoint un peu ce que disait Paul Virilio... Dernièrement j'étais à la campagne : il y a beaucoup de paysages mais peu d'événements, alors qu'en ville c'est le contraire. Alors, comment faire exister les deux, comment insérer une situation dans son environnement, faire une image pleine, dans laquelle il puisse y avoir tout en quelque sorte? Oui, cela implique une recherche, une attention, certains types de choix, un agencement. Dans les photos les moins récentes, les individus, les corps, prenaient plus de place. J'avais tendance à m'immerger dans un flux assez dense, et puis progressivement le champ s'est élargi. Mais ce n'est pas systématique, j'essaie aussi de m'adapter à ce que j'observe.

NG : Souvent les espaces que tu retiens sont voués à un usage spécifique, les gens qui les parcourent en ont un usage utilitaire, commun à tout le monde. Mais la communauté n'est pas là d'emblée. Tu te rends disponible, tu n'es plus là en

Sans titre n° 30. 1999.

tant qu'usager et dans la situation que tu observes, comment un corps, un individu, va habiter un espace, non plus l'utiliser mais avoir une relation avec lui, y inscrire sa subjectivité, en relation avec d'autres. Ce serait là dans cette relation qui s'établit que résiderait le partage…

PF : Oui, l'espace urbain est totalement ségrégé, pas seulement socialement… découpé en tranches, en zones d'activités spécifiques. Quand on les parcourt, c'est parfois comme s'il y avait une sorte d'injonction silencieuse du type : " si vous n'êtes pas là pour ça, circulez, il n'y a rien à voir ! " Eh bien, non ! Une des photos que j'ai faite à Roissy que je préfère, c'est celle des chauffeurs de taxi jouant aux échecs *(Sans titre n° 30)*. Elle ne représente ni l'usager, ni même l'espace dans lequel il transite, puisqu'elle est prise à partir d'une rocade sur laquelle on passe en voiture, sur laquelle personne ne circule à pied. On est déjà un peu ailleurs, par rapport à cet usage programmé au départ. La situation que j'observe n'est donc pas celle d'un transit, mais une façon d'occuper physiquement et mentalement un parking auquel les chauffeurs de taxis sont condamnés pendant plusieurs heures. Ils doivent attendre que les passagers arrivent pour bouger avec leur taxi, ils sont coincés entre un pilier de béton et les voitures garées à côté d'eux, ils ne peuvent s'asseoir quasiment nulle part, en dehors des voitures. Là, ils s'adaptent à cet environnement difficilement habitable, et à cette durée d'attente et de désœuvrement. C'est une façon de montrer des choses qu'on n'attendait pas vraiment, qu'on n'a pas trop l'habitude de voir, et qui font partie tous les jours de notre vie dans les grandes villes.

NG : Les situations que tu retiens la plupart du temps ne sont pas anecdotiques, il n'y a pas de narration mais une sorte de suspension. Par exemple, dans cette image, nous n'éprouvons pas du tout le besoin d'imaginer la suite.

PF : Oui, la relation qui s'établit semble souvent se suffire à elle-même, peut-être quand elle contient une certaine durée. Cela peut changer d'une image à l'autre. Mais pour revenir à ce que je disais juste avant… donc, la position qu'on adopte n'est pas seulement spatiale, elle est bien sûr en même temps politique. Comme disait Serge Daney, le contraire du direct n'est pas la mise en scène, mais un autre direct ou une autre mise en scène, c'est-à-dire un autre point de vue, une autre façon de se positionner. C'est une question de cinéma, celle du contrechamp ou du changement de point de vue. Dans ce sens, l'espace situé hors-champ, comme le dit Estelle Pagès, joue un rôle, puisque c'est toujours par rapport à une mise en scène préexistante qu'on va se placer, faire un choix. Alors je vais plutôt essayer de regarder autre chose ou à côté, comme ce corps suspendu sous l'autoroute. Cette situation est très simple et en même temps assez imprévisible, assez folle. On peut aussi imaginer le trafic qui passe au-dessus, qu'on ne voit pas dans l'image.

NG : Effectivement on ne s'y attend pas, mais à aucun moment ce n'est quelque chose de spectaculaire ou d'événementiel. Dans ton travail, toute situation est hyper crédible. À la limite, on n'est pas surpris de voir ça et en même temps il y a une sorte d'incongruité à relever ce petit événement, presque infime…

PB : Et ce n'est pas non plus banal. J'évoquerais ce problème de l'obligation qui serait faite en ce moment à l'artiste de produire du spectaculaire, d'intégrer le système et de répondre à la demande, dans cette confusion qu'il y aurait entre l'art et la communication. La ville est sans doute un paysage d'événements, mais ceux que tu cherches effectivement ne sont pas spectaculaires, ni anodins, au contraire. On en arrive à un des points importants de ton travail : chaque image cristallise quelque chose du social, de la façon dont les gens vivent ensemble dans une ville. Par exemple dans *Sans titre n° 42*, où une figure humaine se découpe sur le ciel, sous une passerelle d'autoroute. Cette image décrit une situation prise dans le réel, et en même temps elle contient un niveau métaphorique. D'une part, elle décrit une appropriation de la ville par le jeu, par l'invention d'un sport urbain inattendu, qui se glisse dans un interstice de la ville, dans un non-lieu. Quant à la métaphore, cette effigie pendue par les pieds, la tête en bas, produit une figure d'infamie. Cela nous informe d'une nouvelle pratique urbaine, d'une capacité de l'individu à pratiquer l'espace, à l'inventer, et en même temps - comme souvent dans tes images -, cela nous renvoie à une cristallisation du social… Peut-on dire qu'à partir d'une situation très concrète prise dans la réalité quotidienne, tu charges l'image d'un sens métaphorique ?

PF : Oui, cette photo-là par exemple *(Sans titre n° 39)*, est vue d'abord comme représentant des hommes en train de tracer un cercle dans le paysage, d'agir sur le monde, pas seulement un cercle au milieu d'un terrain de foot. L'humain en train d'informer le paysage, de le mesurer, de le définir. En plus avec ces pylônes électriques, le ciel, les nuages… l'image n'est pas anecdotique, elle peut décoller. Je crois que si on ne se préoccupe pas autant de la réalité de l'image que du contraire, on risque de tout lui enlever.

NG : Oui, si tu avais cadré comme ça, si tu avais enlevé le terrain de foot, ce ne serait que symbolique. Or, en laissant le terrain de foot, tu inscris cette situation-là dans le réel, sans séparer la métaphore de la réalité.

PF : C'est pour moi un point très important. Si on dépasse l'aspect anecdotique ou factuel, il y a une intégration des éléments à l'intérieur de l'image. Disons que cette dimension métaphorique se fait après coup. D'abord on s'inscrit dans le monde, et après peut-être ça peut avoir cette dimension-là. Cela me rappelle une phrase de Gilles Deleuze que j'aime beaucoup : *" ah, misère de l'imaginaire et du symbolique, le réel étant toujours remis à demain ! "*. Mais c'est une chose assez difficile à faire, ce n'est pas programmable. Alors, il y a des photos qui peuvent être plus ou moins fortes, plus ou moins efficaces sur ce plan-là. C'est une façon de construire un plan, en un sens.

NG : C'est le ressort du surréalisme aussi, de mettre en contiguïté des éléments de la réalité pour qu'il en surgisse quelque chose qui serait du surréel. Là aussi il y a contiguïté des choses mais la situation n'est pas surréaliste. Passée la surprise de voir ce corps suspendu, on sait très bien ce qu'il peut y faire.

PF : Oui, elle reste, disons, " normale ". Je trouve cela plus fort, de faire comme si de rien n'était, en quelque sorte. C'est peut-être un aspect nerveux de ma personnalité, de ma perception des choses. Cela me touche plus, produit une résonance ou un effet beaucoup plus vif sur mon cerveau que si j'ai affaire à une situation, ou plutôt à une image, qui se présente d'emblée comme surréaliste. La photographie de la fille assise sur le banc, entourée de détritus *(Sans titre n° 27)*, fonctionne exactement de cette manière.

PB : Il y a aussi quelque chose, et tu en as souvent parlé, de l'ordre du cinématographique, du plan. Du plan et de cette acceptation que tu as faite, qu'on ne peut pas dissocier réel et fiction, spectateur et acteur. J'ai relevé cette phrase en relisant tes notes de travail : *" le spectateur, je lui demande de creuser l'image, d'aller vers elle au lieu d'obliger l'image à aller vers lui "*. Bon, ce serait un peu simple de dire qu'il faut confier un travail au spectateur, ce avec quoi on est tous d'accord. Mais il y a un accès à tes images qui est permis par ces différents codes que tu manies. Tu recodes l'image. Il y a un code Pierre Faure ! Bien sûr par rapport au codage du spectaculaire-marchand, par rapport au codage du photographique au sens large, tu recodes les choses, alors je ne veux pas qu'on invente forcément un paradigme, mais il y aurait un code Pierre Faure pour moi, très spécifique, très singulier…

PF : Je ne sais pas. Peut-être que finalement mon travail a un rapport au son. J'utilisais le mot de résonance tout à l'heure. Mais c'est difficile pour moi de le dire autrement. Peut-être que ça prend une forme plus cinématographique pour d'autres spectateurs.

PB : Dans tes dernières images, il y a une construction assez étonnante de l'espace parce que tu as varié les registres de distance, c'est un des principes premiers de ton travail. Et là on est vraiment face à des petits individus dans de grands espaces très construits, très aménagés par l'homme et l'industrie, l'urbanisme. Ces images-là me font penser à Gursky, mais… il y a un programme Andreas Gursky, qui serait : montrons la finitude de l'être humain, son devenir-fourmi, son fourmillement, d'un point de vue divin; ce qui est un très vieux schéma de représentation dans l'histoire de l'art : on regarde le monde du ciel et puis on vous dit " quelle vanité que l'existence humaine dans ce grand paysage affirmant le temps géologique qui outrepasse le pauvre temps des hommes…" Et pour toi, s'il y a beaucoup d'espace, beaucoup de champ, dans ces deux images récentes, l'individu y est très actif au contraire.

PF : Il y a une pratique, une activité en train de se faire. L'individu n'est pas voué à être un simple figurant mais un élément actif, au sein d'un monde qu'il ne s'est pas construit, qui ne lui appartient pas vraiment.

PB : Il n'est pas du tout le véhicule d'un programme iconographique…

PF : Non, et je n'ai pas du tout envie de réduire l'individu à une sorte de conception préalable ou à une position générale qu'il aurait par rapport au monde ou à la société, mais au contraire de lui laisser une certaine amplitude, une marge d'action ou d'existence. Il s'agit plutôt de singulariser une situation ou une manière de s'inscrire dans le monde.

PB : Tu as déjà employé, notamment dans un texte, l'idée de plan de consistance. Je suis allé la rechercher dans *Mille Plateaux*, où Deleuze et Guattari écrivent : *" Loin de réduire à deux le nombre de dimensions des multiplicités, le plan de consistance les recoupe toutes, en opère l'intersection pour faire coexister autant de multiplicités plates à dimensions quelconques. Le plan de consistance est l'intersection de toutes les formes concrètes. Aussi tous les devenirs, comme des dessins de sorciers, écrivent sur ce plan de consistance, l'ultime Porte où ils trouvent leur issue. Tel est le seul critère qui les empêche de s'enliser, ou de tourner au néant. La seule question est : un devenir va-t-il jusque-là ? Une multiplicité peut-elle aplatir ainsi toutes ses dimensions conservées, comme une fleur qui garderait toute sa vie jusque dans sa sécheresse ?"* Et plus loin : *" Tout devient imperceptible, tout est devenir-imperceptible sur le plan de consistance, mais c'est justement là que l'imperceptible est vu, entendu. "*

PF : J'observe un peu comment les choses et les gens coexistent. L'intersection des formes concrètes, ça me semble pas mal. Je crois que j'ai employé cette notion par rapport à cette concrétude des choses et des situations, par

Sans titre n° 16. 1997.

rapport au fait de ne pas oublier qu'une situation tire son sens du monde dans lequel elle s'insère (le caddie renversé que les chauffeurs de taxis utilisent pour jouer aux échecs…). Souvent, quand je vois une photo imaginée à l'avance - mais peu importe après tout -, je constate qu'on se limite à la définition ou à la mise en place d'une situation, sans l'insérer dans le monde qui lui donnerait son sens. Comme si on avait une jambe coupée, alors c'est plus difficile de marcher, c'est plus emmerdant. Il y a un ancrage des corps, on n'arrive pas encore à se trouver n'importe où au même moment, à se télécharger soi-même pour Djakarta. Dans mes photos, on pourrait peut-être se trouver n'importe où dans la ville globalement ou même ailleurs sur la planète, pourtant ces situations ne pourraient pas se produire comme ça ailleurs. C'est un paradoxe, on se situe en même temps dans une réalité globale (les halls, les autoroutes, les centres commerciaux…) et locale. Et puis, il faudrait parfois pouvoir oublier complètement le fait qu'on sait où on se trouve, se perdre vraiment. Oublier les mots. Qu'est-ce qui te permettrait de voir que tu te trouves entre Sarcelles et Saint-Denis, ou au milieu d'un pré du Limousin ? Toujours est-il que c'est cette dimension concrète des situations qui m'intéresse, que j'ai envie d'essayer de traduire, de figurer. Dans cette photo-là aussi *(Sans titre n° 26)*, j'aurais difficilement pu prévoir le carré de béton qui délimite le lieu où se tient la fille, qui est comme un lieu à part dans le champ plus vaste de l'image…

PB : Le plan de consistance, c'est un champ d'inscription…

NG : C'est peut-être ce qui fait que chaque élément à une importance déterminante dans la lecture qu'on va faire de l'image. On avait parlé de la manière d'envisager l'espace au cinéma, de la profondeur de champ, et on disait que souvent il n'y avait plus de place pour le contexte mais que la figure occupait tout l'écran, et que l'environnement que l'on pouvait encore trouver autour de cette figure n'avait finalement aucune importance… Alors que ce que tu cherches, c'est qu'il y ait une liaison entre l'espace environnant et cette figure, une relation étroite entre chaque élément de l'image, que ce soit la figure, la voiture, là le carré de béton, le boulevard, les arbres…

PF : On pourrait difficilement, dans des images qui fonctionnent, en retirer quelque chose. Par exemple, la situation de ces trois personnages désœuvrés, assis sur la bouche d'aération *(Sans titre n° 33)*, prend pour moi beaucoup plus d'intensité que si j'étais focalisé dessus. C'est peut-être aussi lié au fait qu'il s'agit d'images fixes, et qu'on a le temps de regarder ce qu'il y a autour. Alors que ce n'est pas un problème pour moi quand je fais de la vidéo. Les questions ne sont pas les mêmes, je ne cherche pas à faire des plans comme ça, en intégrant autant les choses ; au contraire, j'ai tendance à fragmenter !

NG : Mais il y a une couche supplémentaire dans ton travail, dans ces plans, ça rejoint ce que tu disais à propos du mouvement du spectateur vers l'image. Peut-être que cela a aussi un rapport avec ce recodage dont parlait Pascal… il y a une sorte de réminiscence d'images préexistantes, en tout cas de modalités d'images préexistantes dans les photos que tu fais, comme un souvenir…

PF : De réminiscence de ce qui pourrait appartenir à des films…

NG : Voilà, une réminiscence de culture de l'image qui est là, mais d'une façon très légère, et qui facilite peut-être l'accès à l'image…

PF : C'est sûr que j'ai comme un fonds ou un stock de films, de séquences, de plans dans la tête, qui s'est constitué depuis une quinzaine d'années, peut-être plus. Curieusement, ça ne m'est jamais arrivé de faire une photo en me disant que ça allait être tel ou tel type de plan ou que j'allais refaire une chose déjà vue dans un film. Ce ne sont pas des choses dont je me sers consciemment ou délibérément. Tout dépend du spectateur, en fin de compte, de son cerveau. Le hors-champ, c'est aussi et surtout ce qu'il y a dans le cerveau du spectateur. Voilà de l'interactivité ! Ce n'est pas du tout de l'ordre de la référence… Le spectateur ne perd rien s'il n'a pas cette culture ou cette mémoire cinématographique… Il peut très bien percevoir ces photos sans cela.

NG : C'est une information supplémentaire qui vient enrichir les photos que tu produis. Mais parler d'une inscription dans l'histoire de l'image vous semble peut-être dépassé ?

PB : Non, au contraire, je suis en train de penser à la question de la *street photography*, comme une sorte de figure de style dans l'histoire de la photographie. On est dans l'espace public, et dans un flux de déplacements, on photographie les gens. Ta photographie pour moi ne relève pas de la *street photography*, pas du tout. Je ne pense pas non plus à des situations cinématographiques ou à des plans… J'ai sans cesse l'impression que tu nous montres à quel point le monde est encombré. Dans beaucoup de tes photos, l'individu est dans une coulisse - il cherche sa place - il a à peine la place - malgré tout, il la trouve parce qu'il est vivant - qu'il est dans le monde - qu'il doit l'habiter - faire avec. Tes images amènent souvent à faire le constat que le monde dans lequel nous vivons est encombré d'une façon gigantesque par des objets - des objets architecturaux, des voitures, des détritus. Et ton image est construite à partir de cet encombrement. Et au milieu de tout ça, il y a des individus qui essaient de lutter - non qui ne luttent pas, comment dire? Ils sont là : ils habitent le monde, ils le subissent certainement - ça, tu l'observes souvent - ils subissent l'espace, mais en même temps, ils sont vivants et bien là.

NG : Et c'est un encombrement de choses sans qualités… la qualité, ou le qualificatif, c'est l'individu qui l'amène…

PF : Exactement. La grande ville n'est pas le lieu d'une perte de sens… Au sujet des photos, cela ne prend pas une dimension dramatique, c'est au spectateur de reconstituer un peu les choses. S'il y a un drame qui se joue dans la relation, l'image ne le souligne pas en tant que tel, et il n'est pas réductible à la situation constituée par les personnages ; il faut voir toute l'image.

PB : Les photos que tu faisais en 1996-1998 nous montraient des individus dans un entre-deux. Celles que tu fais depuis deux ans prennent encore plus en considération l'espace et son encombrement… Quand tu parles de situation, penses-tu à Debord?

PF : Peut-être à une certaine forme de dérive… de pratique assez schizophrénique de la ville…

PB : Sauf que la dérive urbaine des situationnistes, c'était une façon de s'abstraire du social. C'était un peu le paradoxe, je pense. Ça se passait la nuit, sous l'emprise de l'alcool… Pour moi, la dérive urbaine pratiquée par l'Internationale Situationniste, c'est une manière de se réinventer une liberté dans un environnement contraignant, encombré, mais en dehors du temps social. Et la dérive que toi tu pratiquerais, ou que Philippe Durand pratiquerait autrement, a pour objet de penser des images. Peut-être pas de les faire, puisque vous ne vous astreignez pas à une productivité, vous n'êtes pas des fournisseurs du visuel ambiant, mais en tout cas de penser une image. Eux ne pensent pas une image. Bien sûr, c'est vous qui la produisez, mais dans une plus grande attention à la réalité des situations.

PF : Erving Goffman disait que l'espace public ne requiert pas tant un guide pour l'action, qu'un guide pour l'attention. Le médium joue bien sûr un rôle de catalyseur, il implique cette attention, absolument. Ce qui est abrutissant, c'est l'inattention. Je crois qu'il y a un abandon du monde, globalement…

PB : Tu prends beaucoup de temps pour faire ces photographies, et tu en fais donc peu…

PF : J'en fais très peu… encore moins cette année parce que je me suis focalisé sur une vidéo depuis l'automne dernier, qui porte sur les signes du labyrinthe urbain, sur un flux d'informations visuelles qui nous sert à nous repérer tous les jours.

PB : Cela nous amène à parler des vidéos. Par exemple *Quelques jours en décembre* (1996, 75 mn), qui part de l'actualité sociale des mouvements de décembre 95, mais qui prend une autre valeur d'actualité par son statut particulier et son champ d'inscription. Ton film est montré dans des lieux d'art plutôt que sur un canal télévisuel.

PF : Et le film a été monté en noir et blanc, ce qui le rend presque indiffusable sur des canaux majoritaires…

PB : C'est un point plastique important. Donc, un moment de grève qui se déroule sur un mois, et tu en montres tous les temps, tu n'en montres pas seulement les points d'acmé, les points dramatiques ou spectaculaires… Tu montres comment les gens vivent cette situation, comment ils la parlent, comment ils la pensent.

PF : Dans le film, les grévistes se posent plein de questions. On n'est pas dans le domaine de l'information ou de la communication sur, sur quelque chose. Ce n'est pas du tout intéressant de faire arriver les choses ou les événements comme une info. Ce qui m'intéressait, c'était simplement la manière dont les gens pouvaient vivre cette grève. C'est différent de la démarche du journaliste, qui a une approche plus abstraite des choses. Pas tellement la question " quoi " de l'information, mais la question " comment " des relations qui se produisent à travers un événement comme celui-là. L'information, c'est : " alors vous avez 15 secondes pour nous dire ce que vous foutez ici ". Evidemment, il n'y a plus rien. Ce qui fait le pouvoir de cette information, c'est précisément sa nullité. Alors on est dans un tout autre espace, heureusement!

PB : D'abord, il n'y a pas de format préétabli dans tes vidéos. *Quelques jours en décembre* et *La pesanteur et la grâce* (1997, 13 mn) sont deux films aux formats et aux statuts complètement différents. Beaucoup d'aspects de ton travail se condensent pour moi dans *La pesanteur et la grâce.* Parce qu'il y a un aller-retour entre le lieu de travail et la maison, il y a un regard qui ausculte, qui détaille, qui observe avec beaucoup d'attention les gestes du travail, les gestes contrôlés et les gestes inconscients, les moments d'extrême concentration et les moments d'abandon, d'évasion. Il y a des moments très construits plastiquement, quelque chose qui me fait penser aux ralentis de *Sauve qui peut (la vie)* de Godard ou à un diptyque photographique de Allan Sekula dans *Dead Letter Office*, qui décompose un moment de travail à la chaîne pour y déceler une fraction de seconde où l'ouvrière s'évade mentalement de la répétition machinique à laquelle son corps est contraint. Ce ralenti (la *Zeitlupe* de Walter Benjamin), filmique ou photographique, est une vraie forme plastique. Et en même temps, sur la bande-son de ton film, on a les bruits du travail, de la machine, et ces moments d'interview à la maison avec la même personne, mais qui ne semble quasiment plus être la même : elle n'est pas dans sa tenue de travail ni dans son corps de travail… C'est elle qui nous dit comment elle vit son travail, ce n'est pas une voix off, un commentaire. Dans cette forme qui est très compacte, on a une densité d'informations assez impressionnante sur une situation très précise.

PF : Une situation physique et mentale…

PB : La photographie est très limitée à mes yeux (c'est sa force et sa faiblesse), et ce qui m'intéresse dans ta façon de faire, c'est que tu utilises les deux médiums, film et photo. Peux-tu me dire s'il n'y a pas plus d'éléments d'appréciation d'une situation du réel à travers le matériau filmique que dans l'image photographique, qui nous autorise éventuellement à voir autre chose, à voir une condensation, une métaphorisation de nos conditions de vie contemporaines ? Tes films ne produisent pas le même type d'information. Ce n'est pas le même type de construction de la représentation.

PF : La question était surtout de retracer un peu l'expérience de quelqu'un d'autre. Disons qu'avec la photo, l'altérité c'est presque le monde entier comme pays étranger, et puis avec la vidéo ce serait plutôt se perdre dans un contexte qu'on connaît déjà un peu, et tenter de rendre accessible, dans une situation saturée de gens comme dans la grève ou à travers les gestes singuliers de cette femme à son poste de travail, une expérience. Evidemment, on ne peut pas faire cela avec la photographie. Il faut mentionner que c'est un travail que j'ai fait avec Marie-Francine Le Jalu, et que c'est quelque chose qui l'intéresse dans son propre mouvement, puisqu'elle a tourné ensuite une vidéo à partir de différentes expériences du travail, en prenant les gens un par un. Le tournage de la grève, c'était une sorte de délire ou de présent collectif assez intense et assez bref ; je n'ai pas vraiment recommencé ce type de choses depuis. Bien sûr, cela passait par la parole, par les gestes, et le temps dans lequel ils s'inscrivent. C'était pour moi aussi simple et bête que ça, au départ. *La pesanteur et la grâce*, c'était deux plans : un au travail, et l'autre à la maison, avec la même personne au milieu. La vidéo sur laquelle je travaille en ce moment ressemblera plutôt à une table d'information… pas seulement avec deux plans, mais trois ou quatre. Je vais tenter d'associer des choses disparates, liées à ce dialogue silencieux s'effectuant sans arrêt avec les signes, les inscriptions, les images et les écrans composant notre environnement urbain aujourd'hui. Sans passer par une personne particulière. Je pense que le titre sera *A Silent Dial.*

PB : Y a-t-il une adéquation de la forme plastique au sujet choisi ? Peux-tu nous parler de cette vidéo que tu es en train de faire… De la question du signe, du logo, de la construction de notre environnement par le dédale des signes ?

PF : Ce montage est un tel chantier pour l'instant. Mais je peux vous montrer à quoi cela pourra ressembler…

[visionnage sur la table de montage]

PB : Dans cette nouvelle vidéo, tu recomposes les signes qui nous assaillent au quotidien. Tu essayes, par la rapidité du montage, par ces phases d'accélération et de ralentissement, de reproduire la diversité des rythmes d'affichages de l'image et du signe visuel inscrits dans notre environnement quotidien. Tu commentes cette espèce de clignotement insensé, de régime scopique qui se base sur la rapidité, sur la vitesse, sur le côté presque subliminal. Je crois qu'il y a une grande actualité de la subliminalité de l'image publicitaire, communicationnelle, dans sa volonté de vendre et de nous procurer des pulsions d'achat, d'autospectacularisation, etc. Tu exacerbes tout ça avec ce matériau même, et en même temps ce qui me plaît beaucoup c'est que ces gros plans cadrés sur ces néons ou sur des écrans clignotants me ramènent, par exemple, à *Alphaville.*

PF : Je souhaite aussi travailler le son, qui n'est pas encore présent dans la version de travail que vous avez vue…

PB : Tout cela relève du design. Les signaux auditifs sont autant désignés que les signes visuels et ils sont encore plus pernicieux parce qu'ils s'inscrivent dans l'ordre du subliminal. Cette conjonction de signes visuels et sonores cadence notre quotidien. Cela donne un rythme à nos déplacements, à nos vies, à nos actes. C'est comme une espèce de trame ou de partition, sur laquelle nos vies se cadenceraient.

PF : Ou comme une sorte de colonisation, d'occupation mentale. J'ai l'impression que notre histoire devient de plus en plus mentale. Pérec écrivait *Les Choses* en 1965. Il y a toujours cette convoitise des objets mais à la limite l'histoire qui serait à raconter aujourd'hui, bien que cela soit très difficilement racontable, serait plus liée à une réalité mentale ou psychique qu'aux objets de consommation eux-mêmes.

PB : C'est l'immatériel qui marque ce nouvel âge du capitalisme. Jeremy Rifkin l'a bien synthétisé avec son dernier ouvrage, *L'âge de l'accès* : on est entré dans une nouvelle dimension du capitalisme, qui n'est plus celle de la propriété physique de biens matériels, mais qui est celle de l'accès à des flux de données, d'argent, etc. C'est quelque chose de beaucoup plus pernicieux puisque ce n'est même plus maîtrisable matériellement. Ça perfuse, ça traverse nos vies et ça serait pour moi une façon de réactualiser l'idée de Bourdieu de violence symbolique à laquelle chaque individu est soumis au quotidien, autant dans son travail que dans son inscription dans la rue, etc. C'est une violence symbolique encore plus forte : ces flashes très rapides et violents, on les perçoit souvent de façon inconsciente et ils s'impriment dans nos imaginaires.

PF : Les vitesses physiques sont toujours impressionnantes. Mais on est habitué à des vitesses mentales très rapides, qu'on peut bien sûr remettre en jeu si on traite de cette emprise des signes. C'est un peu une vidéo-cerveau que j'essaie de faire…

NG : Tu dis que les gens se repèrent sur un plan, or rien n'indique que ce soit un plan : pour moi c'est un espace troué, il n'y a pas d'images…

PF : On ne voit pas les inscriptions ou le dessin du plan, j'ai fait exprès de le surexposer : ce n'est plus qu'un écran blanc. Mais l'attitude des gens qui se tiennent devant indique très clairement qu'il s'agit d'un plan. C'est parce que tu n'as vu qu'une petite partie des rushes pour l'instant.

PB : Mais c'est aussi juste ce que tu dis Nathalie, parce qu'à l'image, c'est comme un éblouissement, un miroir sans fond, comme une quatrième dimension, un éblouissement qui est aussi celui de notre civilisation de l'écran, on n'a vu qu'un éblouissement de lumière blanche. Et je dirais que là aussi tu utilises le signe publicitaire dans sa modalité d'éclairement.

PF : Cette surface du plan devient comme la source ou le trou blanc de tous les signes, de toutes les images qui, virtuellement, peuvent en sortir ou s'y engouffrer. Il y a comme une face virtuelle dans cette image-là, comme un hors-champ à l'intérieur du plan, lié à l'attitude des gens qui cherchent à s'orienter et qui activent cet écran blanc. Et comme tu le disais, le fond blanc c'est aussi la base de l'imagerie commerciale, sur lequel se détache l'objet, qu'il faut isoler, rendre séduisant et vendable. Certains signaux, publicitaires ou non, vont en sortir, y entrer ou venir s'y glisser. C'est comme un circuit ou un raccourci entre cette situation toute simple des gens en train de se repérer et ce monde des signes. Un circuit mental…

PB : Avec une dimension critique de ta part, là aussi… C'est très violent.

PF : Tous ces signes renvoient à la circulation, à l'argent, à la marchandise, à la publicité… L'idéogramme de la carte bancaire, du parking, le réseau des transports… comme un réseau ultra balisé dont on ne sort pas, qui est l'espace du marché. La ville, c'est le marché, et il passe par tout ça. Il y a aussi un marché des signes. La question est de jouer avec, en évitant bien sûr de reconduire simplement ce système.

PB : Alors comment faire ?

NG : Tu ne crains pas de faire quelque chose de tautologique en reproduisant ce clignotement, cette perdition dans cet espace de signes, de faire un constat qui soit finalement un reflet de ce que tu critiques ?

PF : Eh bien, si j'utilise des signes, des idéogrammes, n'oublions pas qu'ils sont vus pour eux-mêmes, puisqu'ils sont dissociés de leur environnement. On leur enlève une partie de leur fonction, de leur utilité. Certains d'entre eux ne seront d'ailleurs pas compréhensibles par le spectateur, un peu comme un jeu de cartes qui perdrait son sens. Et puis ce clignotement n'existe pas en dehors de l'accélération ou de la vitesse que je leur applique. C'est en faisant du montage, des allers-retours, entre ce flux de signes et d'informations qui peuvent renvoyer les uns aux autres, constituer une sorte de cartographie mentale, le plan lumineux comme un écran blanc absorbant les passants en train de se repérer (les corps ne seront pas rythmés à la vitesse normale, mais légèrement syncopés), des plans assez descriptifs du labyrinthe et des images qui viennent d'ailleurs. L'échange visuel qui peut se faire entre le fond lumineux et les signes prend parfois un aspect plutôt comique. Je peux aussi insérer ou associer un plan qui n'a rien à voir et qui sera comme une échappée à cet univers des signes. Je peux en détourner quelques-uns. Le design et la couleur des signalisations sont très précis, il y a tout un réseau de signes bleus par exemple. Rien ne m'empêche d'en modifier la couleur si j'ai en besoin, ou de faire des associations liées à la couleur, donc d'en faire dévier la logique ou le sens, de leur donner une nouvelle dépendance. Par des mots aussi, des intertitres, que je vais écrire et insérer entre les plans, un peu comme dans les films muets. Ce seront des interventions peut-être plus directement critiques de ma part, qui s'inscriront au même titre que les signes, tout en constituant un courant à part. C'est un travail basé sur une association d'éléments, c'est cette association à travers le montage qui permettra de faire autre chose, de produire des effets de perception, des effets de sens qui n'ont eux rien à vendre et peuvent prendre une dimension critique, qui passe par le jeu. Et je ne parle pas du son ! Cela va me prendre un temps fou, mais c'est ce qui est bien avec la vidéo, les choses se construisent au fur et à mesure, c'est assez excitant.

PB : Tu as aussi fait des inversions d'images en négatif, et ça produit vraiment des images mentales - par exemple, quand on voit cette jeune fille plongée dans la lecture d'un magazine, et puis les flashes d'images publicitaires en négatif. Cela agit vraiment comme des images mentales, des flashes cérébraux qui sont produits par la compulsion du magazine.

PF : C'est déjà une forme de distance. Les images de pub sont des signaux… Aujourd'hui on a surtout affaire à des signaux, pas tellement à de l'image, mais à des signaux d'information et de pub qui s'échangent entre eux et finissent par s'inverser. La vidéo elle-même est un signal, il faudra que je trouve une manière d'intégrer ça aussi.

NG : Comment comptes-tu donner cette marge de résistance des personnages à l'environnement, qui existe dans ton travail photographique et qu'il y avait aussi dans tes deux autres vidéos ?

PF : Cela ne passe pas par les gens ou par une expérience des gens filmés, puisque c'est la foule que j'ai filmée. Ils trouvent, cherchent leur trajet, hésitent plus ou moins longtemps, essaient de s'orienter. Il y a aussi des corps qui passent, traversent le champ de la caméra et qui semblent savoir où ils vont. C'est une immersion, ils ne résistent pas ici à cet univers des signes, ils y sont absorbés, ne font qu'y répondre. Il ne leur arrive rien pour ainsi dire, c'est un défilé devant le panneau lumineux, une assimilation du plan du centre commercial. C'est plutôt à l'image ou à l'écran lui-même que les choses vont arriver. Ce sont des choses que je n'avais pas traitées dans mon travail jusqu'à maintenant alors que c'est une énormité pour moi. Dans mes trajets je suis amené à me repérer comme tout le monde, je suis plongé là-dedans comme les autres. Il m'a semblé impossible dès le départ de rattacher tout cela à un ou plusieurs individus en particulier.

PB : En guise de conclusion, j'aimerais pour ma part lire quelques lignes : "*Une même société de l'aliénation, du contrôle totalitaire, de la consommation spectaculaire passive, règne partout, malgré quelques variétés dans ses déguisements idéologiques et juridiques. On ne peut comprendre la cohérence de cette société sans une critique totale, éclairée par le projet inverse d'une créativité libérée, le projet de la domination de tous les hommes sur leur propre histoire, à tous les niveaux.*" C'est le second paragraphe d'un texte de Guy Debord de 1963 et qui s'intitule *Les situationnistes et les nouvelles formes d'action dans la politique ou l'art*. Toute la question qui se pose aux artistes aujourd'hui est de savoir s'il est encore possible de mettre en œuvre cette dimension critique, puisqu'elle a été intégrée au système. Pour Baudrillard, comme pour beaucoup d'autres, la critique frontale n'est plus possible. Selon lui, il y aurait aujourd'hui une innocuité de la critique. Si on le suit, il faudrait donc prendre les choses à revers, utiliser finalement les armes de l'ennemi pour le combattre.
Je pense qu'il n'y a pas dans ton nouveau film de redondance ou de soumission à ces codes que tu souhaites critiquer en les ré-impulsant, mais au contraire une mise en évidence de l'aliénation qu'ils produisent, une aliénation très violente, amplifiée, redoublée par le montage, le clignotement et la succession rapide. Cette impulsion outrepasse largement notre pulsion physiologique, cardiaque, voire même cérébrale. Elle tente de la dominer, produit ce phénomène de super aliénation. Cela dépasse largement ce que Debord avait déjà décrit, bien qu'on ne puisse s'empêcher lorsqu'on lit ces lignes - et de même lorsqu'on lit Marx aujourd'hui - de voir notre monde actuel annoncé. Il faut donc trouver les moyens nouveaux d'une critique radicale.

PF : Cette réduction du monde aux signes et à des chiffres, à des logos, à des 0 ou des 1, devient une sorte de trame absurde et comique (assez comique au Nord, mais tragique au Sud, peut-être) de notre vie aujourd'hui. J'ai aussi envie de monter quelques photos de galaxies, du cosmos…

PB : Je me souviens que dans *Réfutation de tous les jugements*, Guy Debord avait fait se succéder une série de plans de configurations stellaires, de galaxies, avec des plans de manifestations dans la rue. On passait ainsi du macrocosme au microcosme, d'un certain onirisme abstrait à une réalité bien concrète, de l'espace de l'univers à la lutte des hommes dans la société. En somme, un condensé de ton propre travail !

A Silent Dial.

Sans titre n° 14 (Décision). 1997.

Montreuil, 1 August, 2001.
Pierre Faure, Pascal Beausse, Nathalie Giraudeau.

PF : A short time ago, I came across a quote from Hannah Arendt, saying that for a world to exist, it has to be shared between several people; without this sharing there remains only subjectivity, privacy or isolation; and that the world or public space, *is that which simultaneously separates and binds human beings, allowing them to hold together without falling over each other…* That's our common space, the scene of our lives together, anything can enter into it or come out of it. Privacy is also part of it, maybe even more so since we started using mobile phones constantly. And most scenes concern two, three or four people, in small groups. But if I move from the individual to the environment, it's not initially for theoretical or abstract reasons. For me, creating an image involves getting out, going to see what the world's like out there, the town, outside… That being said, this is not really true of the video I'm working on at the moment, even though we're still in public space. But that environment is at the same time the setting for a relation, for a manner of moving through it, occupying it or living in it.

PB : There's a lack of representation of public space. You have placed yourself in contradiction with this, but you don't instrumentalize public space as a workplace, or a reservoir of ready made images. You live in it, explore it. Could we say that your work starts out from a practice of space?

PF : Yes, exactly, and it's something that's not easy to sum up, because this practice of space isn't planned to begin with, or even confined to a specific territory or environment. It takes place in time but it's also a non-historical movement or process. It's very difficult, even impossible, to recount a day spent on this practice of space. I don't remember which film maker said the image was a collision between the world and the energy he spent exploring it. For example, I've often been out working around Roissy. That means I have a fair knowledge of the place, the spots I come back to, where I move around… I move around the place quite slowly. There are viewpoints, certain positions you can take up, ways of inscribing things visually, that you don't necessarily see right away. There are also photos I didn't take, or that I didn't keep, because I couldn't take up the position I wanted, perhaps for physical reasons, or because the urbanism is sometimes a real technocrat's dream and it's impossible to do anything outside the construction plan, the totally programmed movement and traffic, like in the recent version of Noisy le Grand, for example.

PB : That brings to mind the well-known parable of Jean-Marie Straub, who compares photographers in the spectacular-commercial domain with parachutists! That explains his contrary choice of the panoramic format as a way of representing space into which he may later introduce a narration. Unlike the cameraman or the reporter who doesn't have time to look the place over in advance : he doesn't know where he is, but it matters little because he already has the picture in his head, so from his landing spot, he takes the pre-planned picture then he goes away. There is no experience, no knowledge of space. The image is preformed, you just have to go and get it. What you do is the exact opposite.

PF : Yes. There's a kind of madness in landing someplace like that, filming or photographing a world you're not in. Sometimes people succeed… on the condition that they have a certain rigour or a certain temporal luxury, which is more or less the same thing. In the last few years I've taken photos around Paris. There's a continuity between the place I live and the travelling I do, for my job, which is sometimes almost fortuitous. If we had to draw out a schema of one journey it would look like a kind of infinite interlacing reaching out in all directions.

PB : What do you go looking for ? How is the image constructed within a place?

PF : Firstly by walking, wandering around. I don't set out with the idea that I know the town, rather with the supposition of my ignorance of the things I'm about to discover, even if I have an idea what I'm looking for, because they are quite concrete things. There is a difficulty linked to the fact that I need a relation to come into play, to link with the environment which draws its meaning from what happens within, from the way it is occupied or lived in by people, by bodies. Houses, buildings, fascinate me, certainly because we can't see what's happening behind the walls. Sometimes what I imagine is quite close to what I do in fact observe later, but I could hardly imagine this landscape *(Untitled n° 39)* with electric pylons that carry energy to a big town, the field where events take their place, the way a space opens up or closes, whose elements cause it to exist. It's like Bergson said : space is extracted from the things that constitute it, it's not a case of empty space which then has things put into it. And that's why it can be occupied and used by people ! I see places that interest me but they instigate too few events. Which brings us to what Paul Virilio said… I was in the country recently, lots of landscapes but very few events, whereas in town it's the opposite. So how can you make both exist, how can you insert a situation in its environment, to make a complete image, where everything is present, so to speak? Yes, that implies research, concentration, certain kinds of choice, arrangement. In my earlier photos, individuals, bodies, took up more space, I had a tendency to plunge myself into a fairly dense flow, then gradually the field got wider. But it isn't systematic, I also try to adapt to what I observe.

NG : Often, the places you choose have a specific usage, the people who go there have a utilitarian use for them, common to all of them. But that community is not present at the beginning. You make yourself available. You are not there as a user, and in the situation you observe - how the body, the individual will occupy this space, not just use it but establish a relation to it, impose on it his or her subjectivity, in relation with others - it is there, in that established relation, that the sharing resides.

PF : Yes, urban space is totally segregated, not only socially… cut into slices, zones of specific activities. When you look around them, it's like there was a silent command : " if you're not here to do this one thing, then move along, there's nothing doing here !" Well, no ! One of the photos I took at Roissy that I prefer, is of taxi drivers playing chess *(Untitled n° 30)*. It doesn't represent the user, nor even the space he transits in, because it was taken from a bypass you can only drive on, no one goes there on foot. So we're already " elsewhere ", compared with the usage that was first planned. The situation I observe there isn't transit, but a way of physically and mentally occupying a car park where taxi drivers are obliged to stay for several hours. They have to wait for the passengers to arrive so they can drive off with their taxis, they're stuck there between a concrete pillar and the cars parked next to them, there's practically nowhere to sit apart from in their cars. Here, they adapt to an environment that's difficult to live in, and to the idle waiting time. It's a way of showing things one doesn't really expect, things we don't usually observe or see, things that are part of our lives in big cities.

NG : Most of the situations you select are not anecdotic, there's no story, but a sort of suspension. For example in that picture we don't feel the need to imagine what's going to happen next.

PF : Yes, the relation established seems to suffice in itself, perhaps when it encompasses a certain duration. That can change from one photo to the next. But to come back to what I was just saying… the position you adopt is not only spatial, it's also political of course. As Serge Daney said, the alternative to " live " is not a directed production, it's a different " live " or a different direction, that is to say a different angle, another way of positioning oneself. It's a question that arises in cinema, the reverse shot or changing the shooting angle. In that sense, the off-camera space plays a role, as Estelle Pages says, because one always positions oneself, makes choices, in relation to a pre-existing direction. So I prefer to try to look at something else, or something alongside, like the body suspended under the highway *(Untitled n° 42)*. It's a simple situation yet it's unforeseeable, quite weird. You can also imagine the traffic passing above, which isn't in the picture.

NG : It's true that it's unexpected, but it never seems to be spectacular or extraordinary. In your work every situation is hyper-credible. We may not be surprised to see something yet there is a sort of incongruity in the fact of according attention to it, this little event, almost infinitesimal…

PB : And it isn't banal either. I'd like to say a few words about this problem of the obligation the artist seems to be under at the moment to produce something spectacular, to integrate the system and respond to the demand, in this would-be confusion between art and communication. The town is certainly a landscape full of events, but those you're looking for are not spectacular, nor anodyne, quite the contrary. We're coming to one of the important aspects of your work, that each image crystallizes something social, something about the way people live together in a town. For example in *Untitled n° 42*, where a human figure is seen silhouetted against the sky under the bridge of a motorway. This image describes a situation that is seized in its reality, but at the same time it has a metaphorical level. On the one hand, it describes the appropriation of the town by a game, by the invention of an unexpected urban game, which fits into an interstice of the town, in a " non-lieu " (non-place). As for the metaphorical level, that figure hanging head-down by the feet, produces an infamous image. It recalls a new urban practice, of the capacity of the individual to practice space, to invent, and at the same time – as it often happens in your pictures – it makes me think of what I call the crystallization of a social reality… Could we say that you take an image that records a concrete situation in everyday reality and you infuse metaphorical meaning ?

PF : Yes… That photo for example, (*Untitled n° 39)* is seen at first glance as men tracing a circle in the landscape, acting on the world, not just a circle in the middle of a football pitch. The human being is imparting information to the landscape, measuring it, defining it. Moreover with these electric pylons, the sky, the clouds… The picture is not anecdotic, it can open out… I believe that if you're not as preoccupied with the reality of the picture as with the contrary, you risk losing everything.

NG : Yes, if you had framed it like that, if you had taken away the football pitch, it would be merely symbolic. By leaving the football pitch, you inscribe that situation into reality, without separating the metaphor from the real.

PF : For me this is an important point. If you go beyond the anecdotic or factual aspect, there is an integration of elements within the picture. Let's say that this metaphorical dimension is produced later. First of all you inscribe yourself in the world, and after that perhaps it can take on another dimension. It reminds me of something from Gilles Deleuze whom I like him very much : *" ah, misère de l'imaginaire et du symbolique, le réel étant toujours remis à demain ! "* (Ah ! The wretchedness of the imaginary and the symbolic, reality is always put off till tomorrow). But it's not an easy thing to do, it can't be planned. So there are photos that can be more or less powerful, more or less effective in that respect. In one sense it's a way of constructing a frame.

NG : There's something of surrealism too, about putting elements of reality into a sequence so that something surreal emerges. There also, there is a sequence of things but the situation is not surrealist. When the surprise of seeing the suspended figure passes, one realises what it might be doing there.

Sans titre n° 34. 2000.

PF : Yes, let's say it remains, " normal ". I feel that's more compelling, to proceed as there was nothing unusual, so to speak. It may be a nervous aspect of my personality, of my perception of things. It affects me more, produces a resonance or a sharper effect on my brain if I come up against a situation, or rather a picture, which appears at first to be surrealist. The photograph of the girl sitting on the bench surrounded by garbage *(Untitled n° 27)* functions exactly in the same way.

PB : There is another thing of a cinematographic nature that you've often talked about, about the composition. About the composition and the acceptation you have made of it, that one can't disassociate the real from fiction, spectator from actor. I noticed this sentence when I read your notes : *" the viewer, I ask him to burrow into the image, to move toward it instead of obliging the image to come to him or her "*. Of course it would be a bit simplistic to say that the viewer has to do the work, a point which we all agree on. But there is an access to your images that is made possible by different codes that you employ. You recode the image. There exists a Pierre Faure code ! Of course compared with the code of the spectacular or commercial, or the code of photography in the widest sense of the word, you recode things, so without wishing necessarily to invent a paradigm, for me there is a Pierre Faure code, quite specific, quite unique…

PF : I don't know about that. Perhaps in the end, my work has a rapport with sound. I used the word resonance just then. But it's difficult for me to express it otherwise. Maybe it takes on a more cinematographic form for other viewers.

PB : In your latest photos there is a quite amazing construction of space because you have varied the register of distance, this is one of the main principles of your work, and it confronts us with small people in huge built-up areas, very much arranged by man and industry, by town planning. Those pictures remind me of Gursky, but… there's an Andreas Gursky system, which is : let's show the finitude of the human being - his becoming or his ant-like being, his furrowing - from a divine point of view, which is a very old representation in the history of art : we look down on the world from the sky above and say " what vanity is human existence in this vast landscape which evokes geological time, surpassing our pathetic human time…" But for you, if there's a lot of space, a wide field in these two recent photos, the individual is, on the contrary, very active.

PF : There is a practise, an activity in the making. The individual is not at all condemned to the role of extra, he's an active element in a world that he didn't make, and which doesn't belong to him.

PB : He's in no way the vehicle of an iconographic system…

PF : No, I don't want to reduce the human being to a sort of preconceived conception or a what is supposed to be his or her general position in relation to the world or society. On the contrary, I want to leave a certain amplitude, more leeway for action or existence. It's a question of singularizing a situation or a way of being in the world.

PB : You have already used, in one text in particular, the idea of a plane of consistency… I looked it up in *Mille-Plateaux* : where Deleuze and Guattari write : *" Far from reducing multiplicities to two dimensions, the plane of consistency cuts through them all, operating an intersection in order to make so many flat multiplicities of indeterminate dimension coexist. The plane of consistency is the intersection of all concrete forms. All possible becoming, like a wizard's sketches, are inscribed in this plane of consistency. It is the ultimate Door where they find their way out. This is the unique criteria that stops them from sinking, from fading into nothingness. The only question is : does a becoming go that far ? Can a multiplicity thus flatten all its conserved dimensions, like a flower preserving all its life through the drought ? "* And further on, *" Everything becomes imperceptible, everything is becoming-imperceptible on the plane of consistency, but it is there that the imperceptible can be seen, heard. "*

PF : I observe how things and people coexist. The intersection of concrete forms, yes, that sounds good to me. I think I used that notion in relation to the concrete nature of things and situations, in relation to the fact of not forgetting that a situation takes its meaning from the world in which it exists (the overturned trolley that the taxi drivers use to play chess on…) When I see a photo that has been imagined beforehand – though it's not so important after all – I observe that often people limit themselves to the definition or the direction of a situation, without placing it in a universe which would give it meaning. It's as though you had only one leg, it makes walking more difficult, more bothersome. Bodies have an anchoring point, we can't just find ourselves anywhere at any given moment, teletransport to Djakarta. In my photos, maybe you can find yourself anywhere in the town as a whole, or even elsewhere on the planet, but these situations wouldn't be the same elsewhere. It's a paradox, we are in a global reality (halls, highways, shopping malls…) and local reality at the same time. Then, sometimes you have to completely forget the fact of knowing where one is, to really lose oneself. Forget words. How would you know you were somewhere between Sarcelles and Saint-Denis, or in the middle of a field in Limousin ? It's still true that this concrete dimension of situations interests me, that's what I want to interpret, to embody. Also in that photo, *(Untitled n° 26)*, I couldn't have planned the concrete square that defines the place the girl was, which is like a separate place in the wider field of the image…

PB : The plane of consistency, it's a field where things can be inscribed…

NG : Perhaps that's why each element has a determining sense in the our reading of the image. We spoke about the way of approaching space in the cinema, of the depth of field, and we said that often there was more room for a space but the figure took up the whole screen, and the space you could find there around the figure was of no significance… Whereas what you are seeking is precisely a liaison between the space around the figure and the figure itself, a close relation between each element of the image, whether it be the figure, the car, the concrete square, the boulevard, the trees…

PF : It would be almost impossible, in some images that work well, to take anything away. For example, the situation of the three men hanging around the ventilation grille *(Untitled n° 33)* takes on much more intensity for me than if I had focussed on them. It is perhaps also linked to the fact that these are fixed images, and there isn't the time to look at what's around. Whereas this isn't a problem for me when I'm filming. The issues aren't the same, I don't try to create compositions like this, integrating so many things, on the contrary, I tend to fragmentize !

NG : But there's an additional level in your work, in these photos, we see what you were saying about the fact that the spectator should go toward the image. Maybe that also has a relation with the coding Pascal was talking about… there's a sort of reminiscence of pre-existing images, in any case the modalities of pre-existing images in your photos, like a memory…

PF : Reminiscence of what could come from films…

NG : That's it, a reminiscence of the culture of images that is present, but very light, that perhaps allows easier access to the image…

PF : It's sure that I have a stock of films, sequences, shots in my head, built up over… maybe fifteen years, maybe more. Strangely, it has never happened that I take a photo, saying to myself " this is going to be such and such a type of composition, or that I was going to do something I'd already seen in a film. These aren't things I use consciously or deliberately. In the end it all depends on the viewer, on his brain. The 'off-camera' is also and above all what is in the viewer's mind. There's interactivity for you ! Nothing at all to do with reference… The viewer isn't missing anything if he or she doesn't have that cinematographic culture or memory… One can perceive these photos without that.

NG : That's a piece of information that will enrich your photos. But perhaps you feel that to speak of an inscription in the history of the image is completely outdated !

PB : No, on the contrary, I am just thinking about the question of *street photography*, as a sort of figure of style in the history of photography. You're in public space, in the flow of movement, photographing people. Your photography for me doesn't fit in to the category of *street photography*, not at all. Neither do I think of cinematographic situations or of scenes… I have the constant impression that you are showing us how cluttered the world is. In lots of your photos, the individual is in a corridor- he's looking for his place – he has hardly any space - in spite of everything he finds it because he is alive – in the world – he has to live in it and make the best of it. Your images often lead me to make his observation : that the world we live in is hugely cluttered by objects – architectural objects – cars – garbage. Your images are constructed on this clutter. And in the middle of all that there are human beings trying to fight - no, not fighting- how could I put it ? They are there, they live in the world, they are certainly subjected to it - you often observe that- they are subjected to space, but at the same time they're alive and they're well and truly there…

NG : And it's a clutter of things without quality… quality, or qualification - it's the human being who adds that…

PF : Exactly. Big towns aren't the places where meaning is lost… When talking about photos, it doesn't take on dramatic proportions, it's for the viewer to reconstitute things a little. If there is anything dramatic about the relation, the image doesn't underline it as such, and it cannot be reduced to the situation made up of the people in it, you have to see the whole image.

PB : In the photos you took in 1996/1998 – we see individuals, in intermediate space. Those you've been taking for the last two years concentrate on space and its congestion. When you speak of situations, are you thinking of Debord ?

PF : Maybe of a certain form of drifting… a rather schizophrenic practice of the town…

PB : Except that the urban drifting of situationnists, was way of abstracting oneself from society. I think that's the paradox. It happened at night, under the influence of alcohol… For me urban drifting is a way of reinventing a freedom for oneself in an environment that constrains, that is congested, but outside social time. And the drifting you seem to practice, or that Philippe Durand might practise in another way, has the objective of inventing images. Perhaps not producing them, since you don't oblige yourself to produce, you are not ambient image-makers, but at least inventing images. They don't invent images. Of course you're the ones who create, but with greater attention to the reality of situations.

PF : Erving Goffmann said that public space doesn't so much need a guide for the action as a guide for attention. Naturally the medium plays a catalysing role, it implies that attention, absolutely. What is stupefying is inattention. I think it's an abandon of the world, globally…

PB : You take a lot of time over your photos, so you don't take many…

PF : I take very few… less this year because I've been concentrating on a video since last autumn, marked with the signs of the urban labyrinth, on a flow of visual information that serves us as bearings every day.

PB : Which brings us to talk about video, for example *Quelques jours en décembre* (1996, 75 mm), based on the social movements of December 95, but which takes on a different value as news because of its special status and field of inscription. Your film is shown in artistic places rather than on a TV channel.

PF : And the film was made in black and white, which makes it almost impossible to broadcast on the major channels…

PB : This is an important artistic feature. So a strike takes place over one month, and you show all the stages, you don't only show the high points, the dramatic or spectacular moments… You show how people live this situation, how they talk about it, think about it.

PF : In the film, the strikers ask themselves lots of questions. We're neither in the domain of information nor communication about any particular subject. It's completely uninteresting to make things or events happen like a news item. What took my attention was simply the way people could live through that strike. Not the same as the journalist's approach, which is a more abstract view of things. Not so much a question of " what " is in the news, rather a question of " how " relations are produced through an event like that. For a news programme, it's : " now you have 15 seconds to tell us why you're here ". Obviously, there's nothing after that. Which is the power of that sort of information, it's nullity. Here we are in quite another world, fortunately !

PB : Firstly, there is no predetermined format, in your films. *Quelques jours en décembre* and *La pesanteur et la grâce* (1997, 13 mn) are two films with formats and statuses that differ entirely. For me, lots of things in your work are condensed in *La Pesanteur et la Grâce…*, because there's movement between the workplace and home, there is an observation that examines, details, looks with attention at the gestures of work - controlled and unconscious gestures - movements of extreme concentration and moments of abandon, evasion. There are moments that are deliberately constructed, there is really something that makes me think of the slow scenes in Godard's *Sauve Qui Peut (La vie)* or of a photographic diptych by Allan Sekula in *Dead Letter Office*, which dissects a time of work on the production line to reveal a fraction of a second where the factory girl escapes mentally from the mechanical repetition that constrains her body. This slow motion (Walter Benjamin's *Zeitlupe*), in film or photography, is a true art form. And at the same time, on the sound track of your film, we have the noise of the factory, machines, and those interviews at home with the same person, but who seems almost different, no longer in working clothes or working body… She's the one who tells us how she lives her work, not an off voice, a commentary explaining. In that extremely compact form, we have a density of quite impressive information about a precise situation.

PF : A mental and physical situation…

Sans titre n° 26. 1999.

Sans titre n° 37. 2001.

PB : Photography is very limited to my mind, (this is its strength and its weakness) and what I find interesting in what you do is that you use two mediums, film and photos. Can you tell me if there aren't more elements of appreciation of a real situation through the film media than in the photographic image which allows us to see other things, to see a condensation, a metaphorization of today's conditions of life ? Your films don't present the same type of information, it's not the same type of construction of representation.

PF : It was above all a question of retracing someone else's experience. Let's say that with photography, otherness is almost the whole world seen as a foreign country, whereas with video it's more like loosing yourself in a context you're a little familiar with, trying to make accessible, in a situation that's saturated with people, like the strike, or through unique gestures like that woman's at her work bench, an experience. Obviously, it's impossible to do that with photography. I have to say that this is a job I did with Marie-Francine Le Jalu, it's something that interests her in her own movement, she made a film afterwards on different working experiences, taking people one by one. When we were shooting the strike, it was like a sort of madness or collective present that was intense and brief, I've never done anything like it since. Of course, it was expressed through words, gestures, and the time they fit into. For me it's as simple and inane as that at the beginning. *La pesanteur et la grâce*, there were two shots : one at work, the other at home, with the same person in the middle. The film I'm working on now will be more like an information desk… not only with two frames, but three or four. I'm going to attempt to associate disparate things, linked to a silent dialogue that is constantly taking place with signs, inscriptions, images and the screens that make up our urban environment today. Without passing by any one particular person. I think the title will be *A Silent Dial.*

PB : Is there a certain appropriateness between the artistic media and the selected subject? Could you tell us about the film you're making… the question of the sign, the logo, the construction of our environment through the maze of signs ?

PF : We're still in the middle of editing right now. But I can show you how it might turn out…

[they view on the editing desk]

PB : In this new film, you recompose signs that assail us daily. You try, through the speed of the editing, through phases of acceleration and deceleration, to reproduce the diversity of rhythms of the displayed image and the visual signs inscribed in our daily environment. You comment on that sort of mad flashing, of a stroboscopic nature, based on speed, almost subliminal. I think the subliminal nature of the image used for advertising or communication is a highly topical one, in that it expresses the desire to sell and to procure in us the urge to buy, to make ourselves part of the show, etc. You exacerbate all of that with the material itself, and at the same time what I like a lot is that those close-ups centred on the neon lights or on flashing screens take me, for example, to *Alphaville.*

PF : I'd also like to work on the sound, which hasn't yet been added to the working version you just saw…

PB : It all has to do with design. The aural signals are just as deliberate as the visual signs and they are even more pernicious because they enter into the subliminal zone. This combination of visual and aural signs rhythms our daily existence. They give a rhythm to our movements, our lives, our acts. It's like a sort of framework or musical score, on which our lives are paced.

PF : Or like a sort of colonisation, mental occupation. I have the impression that our story is becoming more and more a mental one. Pérec wrote *Les Choses* in 1965. There is still this longing for things, but we could say that today our story, although it's difficult to put it into words, has more to do with mental or psychic reality than with consumer articles themselves.

PB : The immaterial denotes the new age of capitalism. Jeremy Rifkin summed it up well in his most recent work, *The Age of Access* : we have entered into a new dimension of capitalism, which is no longer that of physical ownership of material things, but of access to a flow of data, money, etc. It's much more pernicious because it can't even be controlled materially. It pervades, penetrates our lives and for me it's a way of revitalizing Bourdieu's idea of the symbolic violence that each individual is subjected to daily, as much in his or her workplace as in the street, etc. It's an even more powerful symbolic violence : those rapid and violent flashes, we perceive them unconsciously and they leave their mark on our mind's eye.

PF : Physical speed always impresses. But we're used to very fast mental speeds, which can be brought into play if we deal with the ascendancy of signs. It's a bit like a video-brain I'm trying to make…

NG : You say that people find their bearings in a plan, but nothing proves that it is a plan, for me it's a space with holes in it, there are no images…

PF : You don't see the inscriptions or the indications of the plan, I deliberately overexposed them : there's nothing left but a white screen. But the attitude of people in front of it shows very clearly that it is a plan. It's because you've only seen a small part of the rushes for the moment.

PB : But it's true what you say Nathalie, because the image is sort of dazzling, like an bottomless mirror, like a fourth dimension, a dazzling light which is also that of our civilisation of the screen, all we saw was a dazzling white light. And there also I'd say you're using the advertiser's sign in it's lighting modality.

PF : This surface of the plan becomes a sort of source or the white hole of all signs, all images that, virtually, can come from it or enter into it. There's a sort of virtual face in that image, like an off–camera within the frame, linked to the attitude of people who are trying to find their direction and who activate that white screen. And as you were saying, the white background is also the base of commercial imagery, against it an object can stand out, has to be isolated, made attractive and sellable. Certain signals, advertising or not, will come out of it, enter into it or slip in unnoticed. It's like a circuit or a short-cut between that simple situation of people trying to find their bearings and the world of signs. A mental circuit…

PB : With a critical dimension from you, there also… It's very violent.

PF : All these signs bring us to circulation, money, merchandise, advertising… The hologram of the banker's card, the car park, the transport network… like a highly signposted network that you never leave, which is the market place. The town is the market, and it reaches us through all these things. There's also a market of signs. It's a question of playing with it, while avoiding of course the simple repetition of the system.

PB : So how does one do that?

NG : You're not afraid of producing something tautological when you reproduce this flashing, this perdition in the space of signs, or of making a statement which is in the end a reflection of what you are criticizing?

PF : Well, if I use signs, holograms, you mustn't forget that they are seen in their own right, because they are disassociated from their usual environment. A part of their function is taken away, part of their usefulness. Moreover, some of them won't mean anything to the viewer, like a card game that has lost all sense. And also the flashing doesn't exist outside the acceleration or the speed that I impose. It's during the editing, coming and going between the flow of signs and information that lead back to each other, constituting a sort of mental cartography, a luminous frame like a white screen absorbing the passers-by who are seeking their bearings (the bodies will not be paced at normal speed, they'll be slightly syncopated), some quite descriptive shots of the labyrinth and some images from elsewhere. The visual exchange that can take place between the luminous background and the signs sometimes takes on a rather comical aspect. I can also insert or associate a frame which has nothing to do with all this, that will act as a sort of escape from the universe of signs. I can deviate some of them. The design and colour of the signalisations are very precise, there's a whole network of blue signs for example. There's nothing to stop me modifying the colour if need be, or creating associations linked to colour, thus deviating the logic or the meaning, giving them a new dependence. By using words too, inter-titles, that I'm going to write and insert between the frames, like in silent films. These interventions will be perhaps more directly critical, and will be inscribed in the same way as the signs, while constituting a separate stream. This is based on an association of elements : it is this association through editing that will allow me to do something different, to produce effects of perception, of meaning which aren't out to sell anything and can take on a critical dimension. Not to mention the sound ! It'll take me a long time, but that's what's interesting about filming, things are constructed as you go along, it's really quite exciting.

PB : You have also reversed some images into negative, and that really produces mental images – for example, when we see the young girl engrossed in a magazine, then the flashes of advertising images in negative. There really is an effect of mental images, cerebral flashes that are produced by the compulsion of the magazine.

Sans titre n° 33. 2000.

Sans titre n° 39. 2001.

PF : This in itself is a form of distance. Advertising images are signals… Today what we see are mainly signals, not so much images, but information and advertising signals that interchange and are inversed in the end. Video itself is a signal, I have to find a way of integrating that too.

NG : How do you intend to provide that margin of resistance of the characters to their environment, that exists in your photographic work and that was present in your other two films?

PF : It won't happen through the people, or through an experience of people being filmed, because it was the crowd that I filmed. They find, look for their path, hesitate for a time, try to find their way. There are also bodies that pass by, cross in front of the camera and seem to know where they are going. It's an immersion, here they can't resist that universe of signs, they are absorbed, they only respond. Nothing happens to them so to speak, it's just a procession in front of those lit-up boards, an assimilation of the lay-out of the shopping mall. It's rather to the image or to the screen itself that things happen. These are things I had never treated in my work before whereas it's immensely important for me. In my travels I have to find my way around just like everybody else, I'm plunged into it like all the others. It seemed impossible to me right from the beginning to attach that to any one individual or group in particular.

PB : By way of a conclusion, I'd like to read a few lines : *" The same society of alienation, totalitarian control, passive spectacular consumption, reigns everywhere, in spite of a few variants in its ideological or juridical disguise. You cannot understand the coherence of this society without total critique, enlightened by the opposite project of free creativity, a project of all men's domination over their own history at every level. "* It's the second paragraph of a text by Guy Debord called *Les situationnistes et les nouvelles formes d'action dans la politique ou l'art* (1963). The question that is posed to artists today is to know if it is still possible to exercise that critical dimension, because it has been integrated by the system. For Baudrillard, as for many others, direct criticism is no longer possible. According to him, criticism today has become innocuous. If we accept this, we have to take things in reverse, and combat the enemy with his own arms. I feel that in your new film there is neither redundancy nor acquiescence to the codes that you want to criticize by stimulating them, but on the contrary, you make the alienation that they produce very clear, an extremely violent alienation, amplified, multiplied by the editing, the flashing and the rapid succession. This urge extends far beyond our physiological urge, cardiac, indeed even cerebral. It tries to dominate the latter, to produce the phenomenon of super alienation. This goes further than what Debord described, although you can't avoid, when you're reading these lines- and likewise when you read Marx today – seeing our world prefigured. So we have to find new means for radical criticism.

PF : This reduction of the world to signs and figures, logos, '0's or '1's, becomes a sort of ridiculous and comical framework (comical in the Northern hemisphere, tragic in the Southern, perhaps) of our lives today. I'd also like to use some photos of the galaxies, the cosmos…

PB : I remember in *Réfutation de tous les jugements*, Guy Debord had shown successively a series of frames of stellar configurations, galaxies, with others of demonstrations in the street. We moved from the macrocosm to the microcosm, from a certain abstract hallucinosis to a concrete reality, from the space of the universe to the struggle of human beings on this earth. In other words, a sort of concentration of your own work !

Sans titre n° 42. 2001.

Pierre FAURE

Né en 1965.
pier.faure@wanadoo.fr

Expositions personnelles / personal exhibitions
2001
La Box, Bourges,
dans le cadre d'une résidence à l'École nationale des Beaux Arts de Bourges,
bourse du Conseil Régional du Centre
2000
Institut Français, Dresde, Allemagne.
Oderda, galerie Büro Für Fotos, Cologne, Allemagne.
Espace Culturel François Mitterrand, Beauvais.

Expositions collectives / collective exhibitions
2001
Artistes français à la Kunst-werke, Berlin, Allemagne. Com./cur. Jean-Marc Prévost.
Théâtre du fantastique, Printemps de septembre, Toulouse. Com./cur. Val Williams.
Itinéraire bis, Centre d'art Passages, Troyes. Com./cur. Estelle Pagès.
Trade, Fotomuseum, Winterthur, Suisse. Com./cur. Thomas Seelig, Urs Stahel.
Contre-informations, Centre Atlantique de la Photographie,
Le Quartz, Brest .Com./cur. Pascal Beausse.
Saison vidéo, Espace croisé, Roubaix. Com./cur. Mo Gourmelon.
2000
Machines, Revues parlées, Centre Georges Pompidou, Paris. Com./cur. Véronique Hubert.
Chroniques du dehors et autres hypothèses, Rencontres Internationales de la Photographie, Arles.
Com./cur. Régis Durand, Claire Jacquet, Adrian Himmelreich.
1999
Devenirs (nouvelles acquisitions du FRAC Ile-de-France), Passage de Retz, Paris. Com./cur. Bernard Goy.
1998
A quoi rêvent les années 90 ? Centre d'Art Mira Phaleina, Montreuil. Com./cur. Jean-Charles Masséra.
Documents Documents, Casco, Utrecht, Pays-Bas. Com./cur. Mariette Dölle.

Publications
A quoi rêvent les années 90 ?, Jean-Charles Masséra (catalogue de l'exposition), 1998.
La photographie, un outil critique, Pascal Beausse, Art Press n° 251, 1999.
Enquêtes sur le réel, Pascal Beausse, Le journal du Centre National de la Photographie, n° 6, 1999.
Informations, Pascal Beausse in *Pratiques contemporaines* : *L'art comme expérience*. Éditions Dis Voir, Paris, 1999.
Scénarios sur la ville, entretien avec Claire Jacquet, Le journal du Centre National de la Photographie, n° 12, 2000.
Chroniques du dehors et autres hypothèses, Régis Durand, in *La photographie traversée*,
catalogue des Rencontres Internationales de la Photographie, Éditions Actes Sud, Arles, 2000.
Pierre Faure / Nicolas Moulin, Susanne Boeker, Kunstforum international, n° 153, janvier-mars 2001.
Des images crues, entretien avec Mo Gourmelon, Saison Vidéo n° 25, 2000-2001.

La Box

Avec le concours

de la Ville de Beauvais
Responsable des expositions : Nathalie Giraudeau
de la galerie Büro Für Fotos
Nadia et Franz Van der Grinten
de l'École nationale des Beaux-Arts de Bourges
Direction : Corinne Le Néün
Coordination de la galerie : Chloé Houdayer
Régie générale : Laurent Gautier
Assistanat montage : Emmanuel Morales.

Avec le soutien
du Ministère de la Culture et de la Communication
des Directions Régionales des Affaires Culturelles de Picardie et du Centre
du Conseil Régional du Centre
du Centre d'Études et de Développement Culturel
des Villes de Beauvais et Bourges

Texte : Estelle Pagès
Entretien : Pascal Beausse, Nathalie Giraudeau
Traductions : Catherine McMillan

Remerciements
Pascal Beausse
Nathalie Giraudeau
Bertrand Guilbert
Claire Jacquet
Marie-Francine Le Jalu
Corinne Le Néün
Serge Lhermitte
Catherine McMillan
Estelle Pagès
John Tittensor
Nadia et Franz Van der Grinten

Dépôt légal : 3e trimestre 2001
ISBN : 2-910164-27-6
Couverture : Sans titre n° 32. 2000.